고
래
바
위

고래바위

글 이순원 · 그림 유자

북극곰

대왕고래가
산 위로
올라왔나?

동쪽 바다 작은 섬에
새 한 마리가 살고 있었다.
아주 작은 바닷새였다.
어느 날 작은 새는
세상 구경을 하듯
바다를 건너 서쪽으로
날아가기 시작했다.
포로롱, 포로롱 …….

"어디 가니?"
바다의 고래가 묻고,
"어디 가니?"
들판의 나무가 묻고,
"어디 가니?"
하늘의 바람이 물었다.
"부리 벼리러."
작은 새는 흰 구름을 뚫고
마치 노래하듯
푸른 하늘을 날아올랐다.
포로롱, 포로롱 …….

산맥 꼭대기까지 날아간 작은 새는
공중에서 아래를 내려다보았다.
“어, 저건 뭐지?”
작은 새는 좀 더 가까이 아래로 내려갔다.
“바다에 사는 대왕고래가 산 위로 올라왔나?
아, 바위구나. 그래. 이 바위가 좋겠네.”

작은 새는
구름을 뚫고 날아와 산맥 꼭대기에
거대한 바위에 앉았다.
생긴 건 고래를 닮고,
몸집은 바다에서 가장 큰 대왕고래보다 더 큰 바위였다.
그렇게 이 바위에는 언제부턴가
이따금 바닷새 한 마리가 날아와
날카롭게 부리를 다듬고 갔다.

고래바위는
바다로 가는
꿈을 꾸었다

"너는 어디서 왔니?"
바위는 제 몸에 부리를 다듬는
새에게 물었다.
"말해도 잘 모를 거야.
너무 멀리서 와서."
"이 산 아래에서 온 거니?"
"아니 더 멀리."
"네 몸에선 낯선 냄새가 나는구나.
이 산에서는 맡을 수 없는."

"아, 이건 소금 냄새야.
바다를 건너왔거든."
"바다?"
"응, 저기 보이지?
파란 하늘과 파란 물이
맞닿은 곳 말이야."

작은 새는 바위에게
바다 얘기를 들려주었다.
"바다에 가면 꼭 너처럼 생긴 고래가 있어."
"고래?"
"그래, 몸집이 아주 큰 대왕고래도 있고,
작고 예쁜 돌고래와 밍크고래도 있어."
작은 새는 고래바위에게
이 세상의 모든 물은 흘러 흘러 바다로 모인다는 것과,
그 속에는 셀 수 없을 만큼 많은 종류의
고기들과 바닷속 식구들이 산다는 얘기를 해 주었다.

"거기에 나무도 있니?"
"나무는 없지만 나무와 똑같은 바다풀이 있어."
"그 속에 바람도 부니?"
"아니, 바람은 없지만 바닷속에는
바람처럼 흔들리며 지나가는 큰 물결과 물길이 있어."
"아, 나도 한번 가 보고 싶다.
바다는 어떤 곳일까?"
그날부터 고래바위는 저 아래 멀리
바다로 가는 꿈을 꾸었다.
"언젠가는 꼭 가 보고 말 거야.
언젠가는 꼭……."

바위 위에
금이 가기
시작했다

이따금 작은 새가 바다의 소식을 안고 날아와
부리를 다듬고 가고,
햇볕이 쨍쨍 바위의 몸을 달구고,
그 위에 비가 내리고,
바람이 지나가며 어루만지고,
눈이 내리고 얼음이 얼고,
다시 햇볕이 쨍쨍
바위의 몸을 달구었다.

바위 위에
실처럼 가는 금이 가기 시작했다.
처음엔 바위도 그것을 알지 못했다.
비가 오고, 바람이 불고,
눈이 오고, 햇볕이 내리쬐고,
춥고, 덥고 하는 동안의 일이었다.

그 작은 틈 사이로 바람에 실려
먼지처럼 고운 흙이 날아와 쌓였다.
민들레 씨앗도 하나 바람에 날아왔다.
부리를 벼리러 오는 작은 새도
깃털 사이에
솔씨 하나를 묻혀 왔다.

바위 위에 꽃이 피고,
작은 소나무가 바위틈에
뿌리를 내리기 시작했다.
소나무가 다른 산의 소나무만큼 자라자
부리를 벼르러 온 바닷새가 말했다.
"이러니까 정말 바다에서
푸른 물을 내뿜는 고래 같구나.
아주 멋있어."

고래바위는
바다에 가고 싶은 꿈이
더욱 간절해졌다.
정말 그곳은 어떤 곳일까?
고래를 만나면
무슨 얘기를 할까?

그것은
아주 강력한
번개와 천둥이었다

우르르 쾅!

빗속에서 천둥이 요란하게 울었다.

밤낮으로 열흘도 넘게 비가 왔다.

쏴 쏴아……. 번쩍!

천둥소리가 점점 커지기 시작했다.

번쩍! 우르르르르르르르르 쾅!!

번쩍! 우르르르르르르르르 쾅!!

그것은 이제까지 볼 수 없었던

아주 강력한 번개와 천둥이었다.

하늘을 찢는 듯한 강력한 번개가

고래바위의 몸 한가운데를 내리쳤다.

아아아악!
캄캄한 밤중에 고래바위가
천둥만큼이나 큰 소리로 비명을 질렀다.
고래바위의 몸은 두 동강이 났다.
몸뚱이에 실처럼 금이 가 있던 곳이었다.
그곳에 뿌리를 내렸던
나무도 풀도 꽃도
모두 흔적 없이
비에 쓸려 내려갔다.

비는 쉬지 않고 내렸다.
두 동강이 난 고래바위의
턱밑과 가슴 밑이
계속 비에 파이고 씻겨 내려갔다.
고래바위의 머리가
위태로워지기 시작했다.

어어어어어어…….
밀지 마! 밀지 말란 말이야!
아무도 없는데 누군가 깨어진 바위의 몸을
뒤에서 힘껏 미는 것만 같았다.
그러다 마침내
고래바위의 꼬리와 몸통은
산맥 위에 남고
머리와 가슴은 산맥 아래로
굴러떨어지기 시작했다.

우르르르르르르르르르…….

얼마나 큰 바위였는지 절반만이어도
커다란 나무들이 가득 들어선 숲을
송두리째 밀어내며 산사태를 일으켰다.
아래쪽 땅속 깊이 박힌 크고 단단한 바위와
머리를 부딪치듯 정면으로 충돌하기도 하고,
그래서 다시 몸이 두 조각에서 네 조각으로,
네 조각에서 여덟 조각으로 나누어지면서,
다른 바위의 몸을 두 동강 내기도 하면서,
무서운 속도로 굴러 산맥 중턱까지 내려왔다.

이건
큰 것도
아니란다

고래바위는
산 중턱 땅에 깊숙이 박힌
다른 바위에 의지하여
간신히 그 자리에 멈추어 설 수 있었다.
둘러보니 그곳에도 많은 바위가 있었다.
여러 조각으로 부서지고 나뉘었는데도
산 중턱에서는
가장 큰 바위였다.

땅에 박혀 있는 바위가
고래바위의 몸을 받치고 있어
작은 동굴 같은 통로가 생겼다.
"아, 무거워.
누군데 나를 누르는 거야?"
아래바위가 짜증스러운 목소리로 말했다.
"이런, 어쩌지?
나도 이럴 생각이 아니었는데 말이야.
아무튼 고마워.
네가 잡아 주지 않았으면
나는 저 아래로 더 굴러갔을 거야.
그랬다면 내 몸은 더 많이 부서졌겠지."

"나도 너를 붙잡으려고 해서 붙잡은 건 아니야.
이 자리에 있다가 운 없이 너에게 눌린 거지."
"그렇다면 정말 미안하구나."
"그런데 너는 왜 이렇게 크고 무겁니?"
"내가 크다고?"

고래바위에게
그것은 뜻밖의 말이었다.
이미 부서질 만큼 부서진 다음이었다.
"네가 누르니 숨도 제대로 쉴 수가 없잖아."
아래바위는
다시 짜증스러운 목소리로 말했다.
"이건 큰 것도 아니란다.
네가 몰라서 그렇지."

고래바위는 산맥 꼭대기에 있을 때
자신의 모습을 떠올려 보았다.
고래바위의 모습 그대로 바다로 가고 싶었는데,
바다로 가서 그런 내 모습을 자랑하고 싶었는데,
바다에서 가장 크다는 대왕고래와 몸도 대보고,
바다에서 가장 길다는 다시마로 키도 재 보고,
가슴둘레와 입도 재 보고 싶었는데,
산 중턱까지 오는 동안 벌써 몸이
처음의 반의반도 남지 않았다.
고래바위는 갑자기
슬프고 우울한 생각이 들었다.

내가 바로
그 고래바위라면
믿겠니?

"너는 어디서 온 거니?"

"산꼭대기에서 나도 모르게 아래로 굴러떨어졌어."

"고래바위가 있는 이 산맥 꼭대기 말이니?"

"그래, 너도 아는구나.

고래바위를."

"그걸 모르는 바보 바위가 어디 있니?

큰비가 올 때마다

산 위에서 내려오는 작은 돌멩이마다

입이 닳도록 고래바위 얘기를 하는데,

이쪽 바위들에겐

거의 전설이나 다름없는 바위거든."

"내가 바로 그 고래바위라면 믿겠니?"
"뭐라고?"
"내 몸 절반이 깨어져 내려온 거라면 말이지."
"지금 무슨 소리를 하는 거니?
네 몸이 암만 크다고 해도 거짓말할걸 해야지."
"정말이라니까."
"칫, 네가 고래바위였으면
나는 애초 하늘바위였어."

그 말에 고래바위는 더욱 쓸쓸해지고 말았다.
모든 바위에게 자랑스러운 전설이었던 자신이
지금 너무도 볼품없이 부서지고 작아진 것이다.
아직 다른 바위들보다 몸집이 크다고 하지만,
처음 고래바위였던 때와 비교하면
그저 한 덩어리의
평범한 바위에 지나지 않았다.

고래바위는 이제 자신이 바로 그 바위였다고
말할 수도 없었다.
몸뚱이의 반이 아직 산 위에 남아 있다 하더라도,
지난날 고래바위의 영광은 사라지고 말았다.
이제는 진짜 전설 속의 바위가 되고 만 것이다.
정말 고래를 닮은 모습 그대로 바다에 가고 싶었는데,

그곳에선 산꼭대기도 바다도
보이지 않았다.

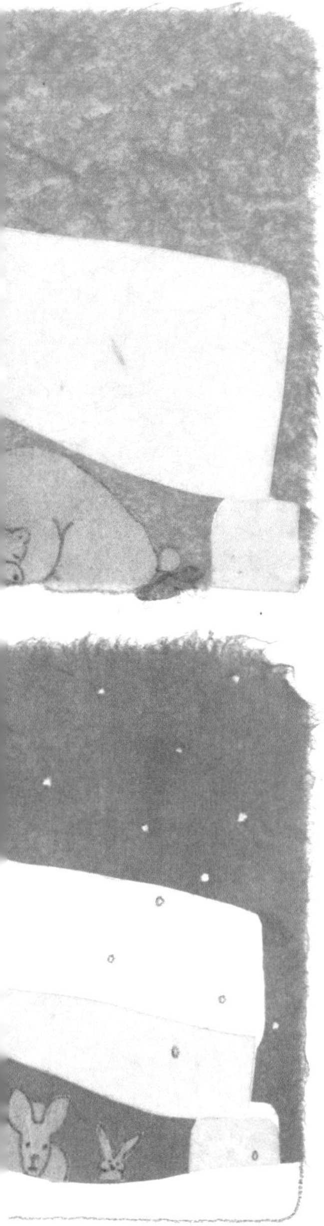

이제부터
네 이름은
너럭바위야

"이제 말해 봐. 산 위에 있을 때 이름이 뭐였니?"

아래바위가 다시 물었다.

"그때 나는 이름 없는 바위였어."

고래바위가 기운 없이 대답했다.

"너 같은 바위가 이름이 없다니."

"숨어 있는 바위였거든."

이제 그 질문에 바르게 대답할 수 없었다.

"그럼 이제부터 네 이름은 너럭바위야."

"너럭바위?"

"네 몸 윗부분이 너르고 평평하니
너럭바위인 거지."

고래바위의 가슴이 무시무시한 번개에
반토막이 나듯 쫙 갈라졌던
바로 그 부분이었다.
그날 밤의 아픔을 생각하는 동안
산맥으로 날아가는 작은 바닷새의 그림자가
포로롱, 포로롱
춤을 추듯
너럭바위의 얼굴 위로 지나갔다.

그래도 너럭바위는 산 중턱에 있는 동안
다른 바위들보다 인기가 좋았다.
비가 오는 날이면 너럭바위 아래 동굴 같은 틈새에
호랑이가 비를 피하기도 하고,
곰 한 마리가 낙엽을 긁어모아 놓고
겨울잠을 자기도 하고,
눈이 많이 오는 날이면
고라니와 토끼가 함께 나란히
눈을 피하기도 했다.

가을이면 다람쥐 가족이 저마다 도토리를 싸 들고
너럭바위 위로 소풍을 오기도 했다.
“여기 아늑한 공간은 너와 내가 함께 만드는데,
다들 네 몸을 지붕 삼아 내 몸 곁에 잠들면서
너만 좋아하는구나.”
아래바위까지
너럭바위의 인기를 시샘했다.

고래의 꿈을 꾼다고 다시 고래바위였던 시절로
돌아갈 수 있는 것은 아니지만,
너럭바위는 단 하루도 자신이 고래바위였던 때를
잊은 적이 없었다.
그때의 꿈 그대로
또 다른 세상으로
나아가고 싶었다.

너럭바위는 여전히
바다로 나아가는
꿈을 꾸었다

얼마나 시간이 지났을까.
너럭바위의 얼굴 위로
바닷새의 그림자가 수도 없이 지나가고,
산을 굴러 내려오며 깨진
날카로운 단면들이
바람의 손길에 부드러워지고,
바위 이끼가 세월의 옷처럼 자연스럽게
너럭바위의 온몸을 가려 주었다.

그러나 너럭바위는 여전히
고래가 헤엄치고,
다시마가 바람 같은 물결에
흔들리며 춤을 추는
바다로 나아가는 꿈을 꾸었다.
고래바위의 꿈을,
고래의 꿈을,
차마 꿈엔들
포기할 수 없었다.

그러던 어느 날,

우르르르르르르르르르 쾅!!!!!!!!!

다시 온 산이 무너지는 듯한 소리가 들렸다.

천둥이 하늘이 아니라 땅속에서 우는 듯했다.

그야말로 산사태라도 난 듯

우르르 밀어닥치는 돌 더미 속에

공처럼 둥글고 망치처럼 단단하게 생긴 바위가

산 위에서 굴러떨어지며

너럭바위의 몸을

정면으로 내리쳤다.

아아악!
"이럴 수는 없어."
너럭바위의 몸은 다시 잘게 부서진 채로
숨 쉴 틈도 없이 쏟아져 내리는
산사태에 밀려
계곡 아래까지
떠밀려 내려왔다.

이제 나는
너럭바위도
아니구나

찬물에 얼굴을 씻고 정신을 차려 보니
위로는 푸른 나무들의 산이 시작되고
아래로는 맑은 물의 강이 시작되는 곳이었다.
그곳에도 많은 바위들이 모여 있었다.
산 중턱에 있는 바위들보다
하나같이 몸집이 작은 바위들이었다.
이리 부서지고 저리 부서지며
그곳까지 온
자신의 모습도 그랬다.

먼저 그곳에 있던 바위들은
온몸에 이끼를 덮은 채
둥글둥글한 모습이었다.
지금 막 깨지고 부서지며 떠밀려 온
자기만
바짝 날이 서 있었다.

산 중턱에서만 해도 가장 큰 바위였지만
이곳에서는 작은 바위들 틈에서도
중간밖에 되지 않았다.
“이제 나는 너럭바위도 아니구나.”
혼자 아무리 그렇다고 말해도 산 중턱에서처럼
어느 바위도 믿어 줄 것 같지 않았다.
고래바위였다고 말하는 것은
더더구나 그랬다.

"너는 어디서 왔는데 날이 바짝 섰니?"
함께 발을 담그고 있는 둥근 바위가 물었다.
"저 산 중턱에서."
"나도 오래전 거기서 내려왔지.
그보다 더 오래전엔 산맥 꼭대기쯤에 있었고."
"그럼 거기 있을 때 너도 고래바위를 본 적이 있니?"
예전에 고래바위였던 뾰족바위가 물었다.
"나는 가까이 있었는데도 얘기만 들었지
직접 보지는 못했어."
둥근 바위가 대답했다.

"나는 애초 여러 개의 바위가 기다랗게 모여
모양을 이룬 지네바위의 머리였어."
"그러면 잘 볼 수 있지 않나?
머리엔 눈도 있고."
"그때 내 몸이 뒤를 돌아보거나
위를 바라볼 수 없는 자세로 놓여 있었거든.
산 아래로 기어가는 자세로 말이야."
"아하."
"그래서 모든 바위의 자랑인
고래바위는 보지도 못하고 이곳에 내려와
전설 속의 이야기처럼 듣기만 했어."

"큰비와 산사태가 우리를 아래로 밀어내는구나.
저 산맥 위의 고래바위도
절반이 잘려 아래로 굴러떨어지고."
뾰족바위는 자신을 감추고 그렇게 말했다.
"그래, 그러면서 하나였던 게 흩어지고 부서지는 거야."
둥근 바위는 전설 속의 고래바위의 몸도
아래로 굴러떨어지며
많은 조각으로 흩어졌다고 말했다.

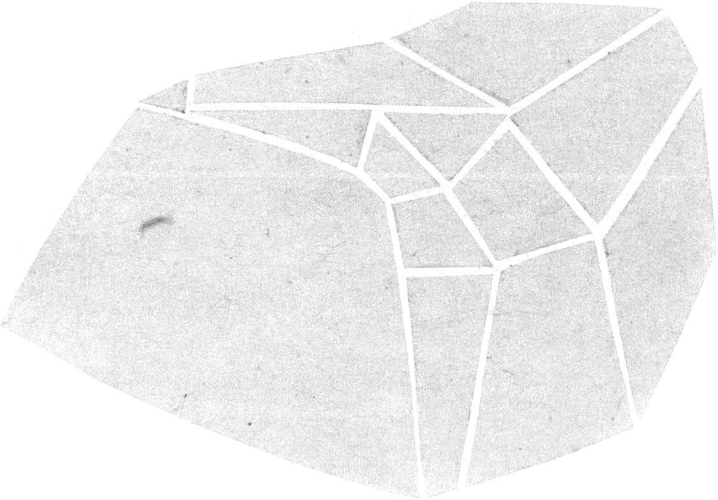

고래바위라는 이름은
모든 바위들에게
훈장이거든

"여기 있는 바위들에게 물어보면
아마 절반 이상은 자기가 고래바위라고 말할걸?"
다시 둥근 바위가 말했다.
"왜 그렇게 말하는 거지?"
"몸이 부서지고 작아져도
고래바위라는 이름은 모든 바위들에게 훈장이거든.
그래서 모두 자기 가슴에
엉터리 훈장을 붙이려 하는 거지."

"그러면 영광스러울까?"

"스스로는 그런 거짓말을 하는 자신이 부끄럽겠지.
그렇지만 겉으로는 영광스러운 척 빼기는 거지."

"알 수가 없어.
왜 그래야 하는지."

"저 앞에 있는 바위를 잘 봐.
고래바위가 깨어져 흩어지기 전부터
이 자리에 있던 바위인데,
지금은 자기가 고래바위의 심장이었다고
말하는 바위야."
"그럼 다른 바위들이 그 말을 믿니?"
"믿지 않지만,
저 바위뿐 아니라 거의 모든 바위가 그렇게 말해.
남이 믿든 말든 어떻게 말해야
자기를 보다 더 그럴듯하게 내세울 수 있는지
다들 알고 있거든."

그래서 여기에 고래바위의 눈이었던 바위도 있고,
심장이었던 바위도 있고,
가슴과 머리였던 바위도 있는데,
꼬리였던 바위만 없는 것이라고 했다.
"아, 꼬리는 아직 산 위에 있어서?"
"아니, 산 위에 있지 않더라도
스스로 꼬리라고 말하는 바위는 없으니까."
그 말을 듣고 나자
뾰족바위는 더더욱 자신이 고래바위였다고
말할 수가 없었다.

고래바위의
심장이었던
바위

"여기 우리 바위 사이에 떠도는 고래바위에 대한
또 다른 소문이 하나 있어."
둥근 바위가 말했다.
"어떤 소문이지?"
"정말 믿을 만한 소문인지 아닌지는 모르지만
고래바위의 심장이었던 바위는
다른 바위는 알지 못해도
스스로는 자신을 알 수 있대."
"어떻게?"
뽀족바위는 귀를 쫑긋 세웠다.

"고래는 바다에서 사는 동물이잖아.
고래바위의 심장이었던 바위는
다른 바위나 돌보다 더 빨리
바다로 가고 싶어 한다는 거야.
진짜 고래를
만나러 말이지."

둥근 바위의 말을 들을 때 뾰족바위는
자신도 알 수 없는 어떤 흥분 같은 것을
가슴속에 느꼈다.
그러나 뾰족바위는 절대 서둘러
바다로 내려가고 싶은 마음이 없었다.
꼭 바다로 가 예전의 자신을 닮은
대왕고래를 만나 보고 싶었지만,
지금은 오히려 자신이 없어졌다.

처음의 꿈은 고래바위의 온전한 모습으로
바다에 가는 것이었다.
그래야 진짜 고래와 몸도 대보고
키도 맞추어 볼 수 있었다.
그 꿈은 자신의 몸처럼 산산조각 깨어져 부서졌다.
스스로 알 수 없는 흥분 같은 것을 느끼긴 했지만,
뾰족바위는 자신이야말로
고래바위의 눈이거나 심장과는 거리가 먼
어느 한 부분의 바위일 거라고 생각했다.

시간의
그림자들

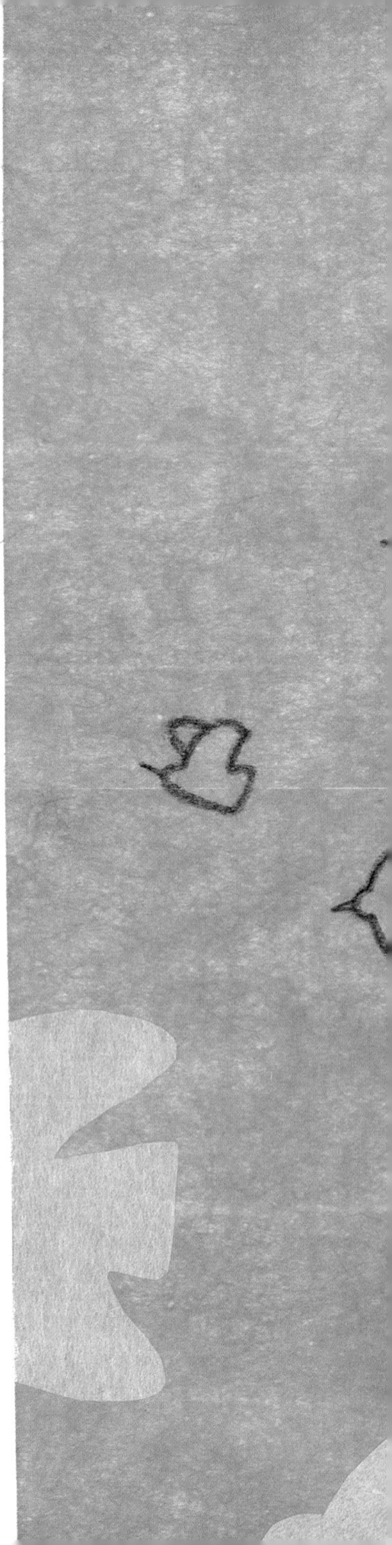

"그런데 여기 바위들은
저 산 중턱에 있는 바위보다 몸집도 작고
생김새도 모두 둥그스름하네."
"그건 저 위에 있는 바위들보다 여기 있는 바위들이
더 오랜 세월 몸이 깎여서 그래."
"무엇이 우리 바위의 몸을 깎지?"

"물과 바람과 비와 햇볕과
그밖에 우리를 스쳐 지나가는 모든 것들이지.
시간의 그림자들 말이야."
"시간의 그림자?"
"너는 너무 산속에만 있다가 와서
바깥세상 이야기를 잘 모르는구나?"

둥그스름한 바위는 뾰족바위에게
이 세상 모든 바위의 몸을 지나가는
시간의 그림자에 대해서 말해 주었다.
“산맥 꼭대기에 우리 모든 바위의 자랑처럼
거대한 고래바위가 있다는 건
너도 잘 알고 있다고 했지?”
“그래.”
“그 바위에 언제부턴가
바닷새 한 마리가 날아와
날카롭게 부리를 다듬고 간대.”

뾰족바위는 아주 오래전의 일이지만 생각이 났다.
바닷가에 사는 작은 새 한 마리가
산맥 꼭대기까지 찾아왔다.
후에도 너럭바위 위로
작은 새가 지나갔다.
그 새의 그림자가
바로 시간의 그림자인 모양이었다.

"똑같은 새가 계속 찾아오는 거니?"
"아니.
예전에는 그 새의
아버지의 아버지의 아버지 새가 찾아왔고,
지금은 그 새의 아들의 아들 새가 찾아오는 거지.
그러니까 똑같은 새여도 똑같은 새가 아닌 거야.
그렇게 해서 고래바위가 다 닳아 없어질 때
하늘의 시간으로
영원의 하루가 지나간다는 거야."
"아, 그래서 오는 새였구나."

"그런 고래바위에 비해
우리의 몸은 얼마나 작고 보잘것없느냐고.
여기에 물을 마시러 오는
멧돼지나 고라니 같은 동물에 비하면
그것도 긴 시간이겠지만,
고래바위와 비교하면 우리의 몸은
하루의 한 시간도 안 되어
시간의 그림자 속으로 사라지고 마는 거지."
"정말 그렇겠구나."

"그것이 바로
우리 바위의 몸을 어루만지며
지나가는 시간의 그림자야.
그런 시간의 그림자가
처음엔 각이 지고 뾰족했던
우리의 몸을
점점 둥글게 닳아
없어지게 하는 거란다."

그러기 전에 얼른 바다로 내려가
고래를 만나야 했다.
산맥 꼭대기에 있을 때처럼
모든 바위의 자랑과 전설과도 같은
고래바위까지는 아니더라도,
산 중턱에 있을 때 호랑이가 와서 비를 피하고,
곰이 겨울잠을 자러 오고,
고라니와 토끼가 눈을 피해 들어오던
너럭바위만큼 큰 모습으로 이곳에 와 있다면,
또 그만큼 큰 모습으로 바다에 갈 수 있다면
얼마나 좋을까 하는 생각도 들었다.

잃어버린
꿈을 찾아
돌아오는 친구들

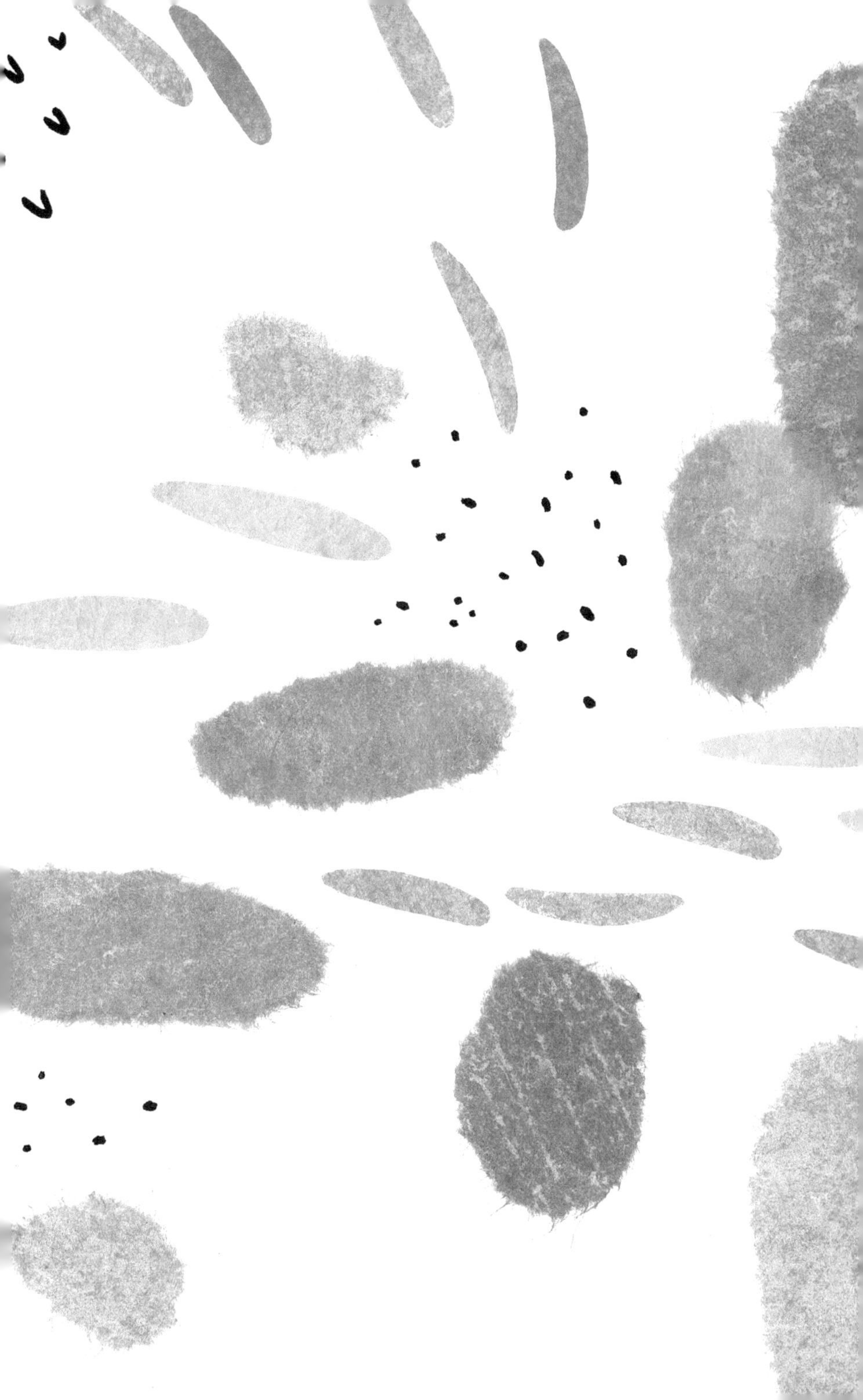

물속의 친구들에 대해서도 관심을 두게 되었다.
"지금 우리 발밑에 와서
집을 짓고 노는 것들은 무엇이니?"
뾰족바위는 옆의 둥근 바위에게 물었다.
"나에게 묻지 말고 그 아이들에게 직접 물어보렴."
몸집은 작아도
둥근 바위가 어른처럼 말했다.

"얘, 너희들은 누구니?"
뾰족바위는 발밑에 노는 친구들에게
조금은 퉁명스러운 목소리로 물었다.
"나는 가재야.
아주 맑은 물에서만 산단다."
"나는 산천어야.
우리는 이 강 제일 꼭대기에
다른 고기들은 물이 차가워서 살 수 없는 곳에서 살지."

산천어는 물속에서도 햇빛을 받아
몸 옆줄의 분홍색 무늬와
타원형의 아름다운 갈색 반점을 뽐냈다.
“너희들은 몸이 작아도 아주 멋지구나.”
“이 갈색 반점이 바로 우리 산천어의 자랑이야.
태어날 때부터 열세 개의 반점이 찍혀
평생 지워지지 않지.
아무도 우리 같은 무늬를 가진
물고기는 없거든.”

"너희들도 바다를 아니?"

"지금은 모르지만, 예전 조상은 알았어.
우리는 원래 바다에 드나드는 송어라는 고기였거든."

"송어?"

"그런데 언제부턴가 우리 조상들이
여기 산 아래의 계곡이 좋아
바다에 나가지 않고 이곳에서 살면서
몸이 송어의 절반으로 줄어든 거야."

"그러면 이제 바다를 아주 모르는 거니?"

"그렇지는 않아.
지금도 우리 중엔
옛날 잃어버린 꿈을 찾아
바다에 나갔다가
돌아오는 친구들이 있으니까.
또 바다에서 송어가 올라와 알을 낳으면
그 위에 자기 씨를 뿌리는 친구들도 있고."

뾰족바위는
이렇게 작은 친구들도
잃어버린 꿈을 찾아
모험 같은 여행을 한다는 말에
깊은 감동을 받았다.
아마도 그건
목숨을 건 여행일 것이었다.

"송어는 언제 오니?"
"매년 가을마다 올라와."
"아, 그 친구들이 올라오면
바다에 대해서 물어봐야지."
산천어가 헤엄을 치며 지나간 자리로
서쪽 하늘로 날아가는
작은 새의 그림자가 비쳤다.

"나는 언제나 바다에 갈 수 있을까?"
산천어처럼
잃어버린 꿈은 아니지만
그곳에 가면
내가 몰랐던 또 다른 꿈이
나를 기다리고 있을 것만 같았다.

나는 이제
징검돌이
되었구나

늘 한자리에 있는 듯해도
아주 움직이지 않는 것은 아니었다.
비가 오면 큰 물살이 흐르고,
가물면 작은 물살이 흘렀다.
큰 물살에는 발밑의 많은 모래들이 아래로 쓸려갔다.
작은 물살에도 한 줌 두 줌 모래가 떠내려갔다.
그때마다 뾰족바위도
조금씩 아래로 내려왔다.

얼마나 떠밀려 온 것일까?
예전에 뾰족하게 섰던 자리가
둥그스름하게 깎이고
등이 다시 너럭바위 시절처럼 평평해졌다.
물살에 조금씩 떠밀려 내려오다
아직은 물이 깊지 않은 상류에
드문드문 징검다리처럼
놓이게 되었다.

"아, 나는 이제 작아져서 징검돌이 되었구나."
"그래도 세상 사정을 더 많이 알게 될 거야."
옆자리의 징검돌이 된 둥근 돌이 말했다.
"어떻게?"
"모두 우리를 지나가며
이야기하니까."

징검돌 위로
이쪽 산의 곰이 저쪽 산으로 건너가고,
저쪽 산의 멧돼지가 이쪽으로 건너오고,
토끼와 족제비도 쫓고 쫓기며
숨바꼭질하듯 징검돌을 뛰어넘었다.
때로는 하늘을 맴돌던 잠자리가
징검돌 위에 앉아
날개를 쉬기도 했다.

바다에 닿으면
다시 몸이
커질 수 있을까?

산의 단풍잎이 냇물을 따라 아래로 흐르면,
물고기들이 그것을 거슬러 위쪽으로 올라왔다.
등은 푸르고 은백색 몸의 양옆에 검은 점이
다닥다닥 찍혀 있는 물고기였다.
"너희는 누구니?"
발밑으로 지나가는 물고기떼에게
징검돌이 물었다.

"우리는 송어란다."
뾰족바위였던 시절 상류에서 만났던 산천어는
모양이 길쭉길쭉한 댓잎 같았다.
크기도 꼭 댓잎만 했다.
그런데 바다에서 올라오는 송어는 몸길이가
산천어의 두세 배만 했다.
"우리는 이곳 강에서 일 년 반이나 이 년 동안 살다가
바다로 내려가 그곳에서 삼사 년쯤 지난 다음
알을 낳으러 올라오는 거야."

"이 강을 따라?"
"그래, 우리가 처음 태어나
바다로 떠났던 곳으로."
송어는 징검돌 아래로
쉬지 않고 강을 거슬러 올라갔다.
태어날 때는 산천어와 똑같은 크기였을 텐데,
바다가 이렇게
송어의 몸을 키우는 것 같았다.

"나도 바다에 닿으면
다시 고래바위 시절처럼
몸이 커질 수 있을까?"
징검돌이 그런 생각에 잠길 때
또 한 떼의 고기들이 나타났다.

"너희는 누구니?"

"우리는 연어야."

그러고 보니 먼저 올라온 송어보다 더 크고,

이빨도 더 뾰족뾰족하게 나 있었다.

"그런데 너희 몸이 왜 울긋불긋하니?

원래 그런 거니?"

"아니, 바다에 있을 때 우리 몸은 은색이었어.

지금 알을 낳으러 올라오는 동안

혼인색으로 변해서 울긋불긋한 거야."

"너희는 어디서 오는 건데?"
"우리는 알에서 깨어나 다음 해 봄까지
딱 반 년간 이 강에서 살아.
그리고 아주 작은 몸으로 바다로 나가지.
우리보다 먼저 올라간 송어는
가까운 바다에서 살지만
우리는 아주 먼 바다에 나가서
송어보다 더 긴 시간 그곳에서 살다가
옛날 우리가 처음 뛰놀았던
물의 기억을 찾아
지금 이렇게 알을 낳으러 올라오는 거야."

"아, 그래서 너희들 몸이
송어보다 더 큰가 보구나.
더 먼 바다에 오래 나가 있어서."
먼저 지나간 송어도 그랬지만
연어도 상류까지 올라오는 동안
온통 상처투성이가 되었다.

어떤 희생을 치러야
바다에
닿을 수 있을까?

지나가는 연어 떼를 보며
징검돌은 생각했다.
'나는 고래를 찾아
바다로 가는 꿈을 꾸고 있는데
저 물고기들은
바다에서 목숨을 걸고
이곳 강으로 올라오는
이유가 무얼까?'

"그냥 바다에서 알을 낳고 바다에서
새끼를 키우면 안 되는 거니?"
"바다에 가면 그런 고기들이 더 많지.
그렇지만 우리는 바다가 아니라
처음 우리가 태어난 이 강을 잊을 수가 없는 거야.
그리고 이 강 맑은 물에 알을 낳아야지만
새끼들을 제대로 키울 수 있어.
그래서 모두 몸이 부서져라 상처를 입으면서
이곳까지 올라오고 있는 거야.
우리 어머니 아버지가 우리를 낳을 때 그랬던 것처럼,
우리 할머니 할아버지가 우리 어머니 아버지를
낳을 때 그랬던 것처럼."

강을 거슬러 올라오는 동안
돌과 나뭇가지에 긁히고 찢겨
온몸 여기저기 피멍이 가득한 연어가 말했다.
"우리 다음에 태어날 연어들을 생각하면
이런 희생은 아무것도 아닌 거야.
그건 이 강에 사는 어떤 물고기들도
다 마찬가지일걸."
"희생……."
징검돌은 그 말을
오래 되뇌어 보았다.

이 강엔 자기처럼
바다를 꿈꾸는 징검돌도 있고,
이른 봄 강둑에 피어난 꽃들의 향기를 따라
바다로 나가는 어린 고기들도 있고,
가을이면 가깝고 먼 바다에서
다시 자기가 태어난 곳으로
알을 낳으러 목숨을 걸고 올라오는
어미 고기들도 있었다.
새로운 삶과 희생이
강과 함께 있었다.

상류로 올라간 송어와 연어들이
알을 낳고 그 위에 씨를 뿌리는 책임을
다한 모양이었다.
위에서 떠내려오는 나뭇잎과 나무 등걸 사이에
온몸에 상처를 입은 채 입을 벌리고 죽은
송어와 연어가 떠내려왔다.

죽은 송어와 연어 떼를 바라보며
징검돌은 생각했다.
나는 어떤 희생을 치러야
저들이 올라온 바다에 닿을 수 있을까?
바다에 대한 꿈은
점점 커지고 있는데,
몸은 점점 닳아
작아지고 있었다.

그렇게 지나가는 시간 속으로
누군가 두 발로 성큼성큼
징검돌의 머리를 밟고 지나갔다.
이제까지는 모두 네 발로 징검돌을 밟았다.
누구지?
처음 보는 모습인데…….
"너는 누구니?"
물어도 대답이 없었다.

"이상하네. 내 말을 못 알아듣나?"

"못 알아듣는 게 아니고……."

뒤따라가던 네발짐승이 말했다.

"나는 늑대에서 길든 개고,

앞에 간 사람은 우리 주인이야.

지금 사냥을 나갔다가 돌아오는 길이거든."

사람은 노루 한 마리를

어깨 위에 짊어지고 있었다.

조금만 더 컸다면
바다로 갈 수
없었을 거야

징검돌은 상류에서
강폭이 좀 더 너른 곳까지 내려왔다.
언제나 폭우와 함께였다.
강이 시작되는 계곡 입구에서부터
오랫동안 짝처럼 함께 지내던
둥근 돌과도 헤어졌다.
자기가 먼저 내려왔는지,
아니면 둥근 돌이 먼저 내려왔는지
그것도 알 수가 없었다.

그간 징검돌에게는 큰일이 두 번 있었다.
한 번은 둥근 돌과 헤어진 다음
어느 강 마을에서 동네 사람들에게 덜렁 들려
강가로 옮겨져서
오랫동안 빨래바위 노릇을 했다.
처음엔 주로 짐승의 가죽을
풀무질하는 돌로 사용되다가
나중엔 옷감에 묻은 때를
씻어 내는 바위로 쓰였다.

징검돌로 쓰일 때도 그랬지만
누구에겐가 내 몸이 유용하게 쓰인다는 걸
기쁨으로 여기게 되었다.
매일 방망이에 얼굴을 맞기는 했지만
동네 살림살이도 살피고
인심도 살필 수 있었다.

또 한 번은 영원히 바다로 나가지 못할 뻔했다.
빨랫돌에서 다시 닳고 닳아
주먹돌보다 조금 더 큰 모습으로
강둑 가까이 밀려났을 때였다.
어느 날 마을에서 사람들이
담장 돌을 주우러 강으로 나왔다.
"에이, 이건 너무 넓적하고 작네."
누군가 주먹돌을 집어 들었다가
도로 강 한가운데로 던져 버렸다.

그때서야 주먹돌은
애초 고래바위에서
강 중간까지 내려오는 동안 처음으로
자기 몸이 작아진 것을
다행으로 여겼다.
“그래, 조금만 더 컸다면
나는 바다로 갈 수 없었을 거야.”
이제 주먹돌은 물에 닳고 모래에 닳아
몸이 점점 작아지는 것을
두려워하지 않았다.

난 산맥 위의
지네바위였어

강이 넓어질수록 자기뿐 아니라
모든 돌들이 점점 작아지고 있었다.
몸 아래 찾아오는 것도
작은 다슬기나 피라미같이
아주 작은 물고기들이었다.
바다까지는
아직 먼 길이 남았는데
이미 모래로 부서지고
작아진 돌들도 있었다.

얼마나 더 가야
바다가 나올까?
내 몸이
얼마나 더 작아져야
바다를 볼 수 있을까?

"우리는 한참 더 가야 해."

옆에 있는 동그스름한 주먹돌이 말했다.

"너는 어디서 오는 길이니?"

넓적돌이 동그스름한 주먹돌에게 물었다.

"말해도 잘 모를 거야.

난 산맥 위의 지네바위였어."

“그럼 연어가 다니는 길목에
함께 있던
징검돌을 알겠니?”
“아, 넓적 징검돌!
너였구나. 이게 얼마만이니?”
두 돌은 얼싸안듯
손을 잡았다.

"그런데 얼마나 더 가야 바다가 나올까?"
"나도 가 본 적 없지만
우리 몸이 더 작아져야만
바다로 갈 수 있어.
그건 분명해."
하늘을 바라보자
저 멀리 작은 새 한 마리가
아주 익숙한 모습으로
서쪽 하늘로 날아가고 있었다.
"우리 이제 헤어지지 말고 함께 가자."

그곳에 가면
새로운 희망이
기다리고

넓적돌과 둥근돌은
주먹돌에서 다시 닳고 닳아
조약돌이 되고 공깃돌이 될 때까지
함께 강을 내려왔다.
이젠 다슬기도 몸에 달라붙지 않았다.
다슬기나 공깃돌이나
큰 차이가 없었다.
바다는 아직 보이지 않았다.

"모래만큼 작아지면 바다를 볼 수 있을까?"
납작한 공깃돌이 동그스름한 공깃돌에게 물었다.
"어쩌면 그럴지 몰라."
"그렇게 작아진 다음
바다에 나가서 무얼 하지?
그래도 의미가 있을까?"
"글쎄……."

그것은
납작한 공깃돌도
동그스름한 공깃돌도
알 수 없는 일이었다.
그래도 그곳에 가면
새로운 세상 속에서
새로운 희망이
기다리고 있을 것 같았다.

다른 돌에 쓸리고
모래에 쓸리고
점점 작아져
한 알의 모래가 되어 하류에 닿았다.
똑같은 크기의 모래여도
고래바위는
금빛이 나는 흰 모래가 되었고,
지네바위는
보석 같은 검은 모래가 되었다.

큰 바위였다면
이런 기분은
못 느꼈을 거야

물속의 모래알까지 셀 만큼 맑은 물에
납자루와 갈겨니가 살았다.
몸이 넓고 납작한 납자루는
조개의 입안에 알을 낳았다.
“그러면 조개가 알을 먹지 않니?”
“아니, 이렇게 해야 오히려 안전해.
다른 물고기들이 건들지도 못하고.”
“그래도 위험할 것 같은데?”
“우리는 조개와 물고기여도 서로 믿거든.”

갈겨니는 모래 위에 바로 알을 낳았다.
그런 갈겨니의 알을 다른 모래들과 함께
알에서 새끼가 나올 때까지
이불처럼 덮어 주고 가려 주었다.
마치 품 안에서
생명이 자라는 듯한 느낌이었다.
“우리가 큰 바위였다면
이런 기분은 못 느꼈을 거야.”
검은 모래가 말했다.

때로는
동사리나 모래무지와 같은 물고기들이
입으로 공기놀이하듯
모래를 입안에 넣었다 뱉었다 하기도 했다.
작은 물고기들이 입김만 세게 불어도
흰 모래와 검은 모래는
저만치 날아가곤 했다.

한 알의 모래가
처음엔
큰 바위였다

강 위로 바람이 불면
물결이 일고
그런 작은 물결에도
모래들은
이쪽저쪽으로
몸을 움직였다.

"이제 거의 다 왔나 봐.
우리 몸도 이렇게 가벼워지고."
"네가 지네바위였다는 걸 누가 알까?
한 알의 모래가
처음엔
큰 바위였다는 것을."

"아무도 모르겠지.
어쩌면 여기에 있는 모래들도
스스로 그걸 모르는 모래가 많을 거야.
자기가 처음엔 어떤 바위였는지,
어디서 왔는지."
"그건 잊으면 안 되잖아.
우리가 흙이 되어도."

"그래,
그건 애초 자신의 모습을 잊은 거지만,
내 친구 중에 어떤 모래는
애초 자신이 산처럼
큰 고래바위였는데도
남들이 옛날 일을 가지고 뻐긴다고 할까 봐
그걸 끝까지 감추고
여기까지 내려왔단다."

흰 모래는 검은 모래의 얼굴을
가만히 바라보았다.
검은 모래도 물결을 이용해 가만히 다가와
흰 모래의 얼굴에 자기 얼굴을 비볐다.
"어떻게 알았니?"
흰 모래가 물었다.
"우리가 이 강 꼭대기 계곡 입구에서 처음 만나
고래바위의 심장과 훈장 얘기를 했을 때부터."
검은 모래가 대답했다.

"이제 우리는 더 작아질 거야.
어쩌면 바다에 닿기도 전에 더 작아져서
아주 흔적조차 없어질지도 몰라.
그래서 우리가 예전에
고래바위였고 지네바위였던 시절의
영혼만 남을지도 몰라."
"그래,
그 영혼만이라도 남아서 바다에 갔으면 좋겠어.
가서 저 산맥 위에 있을 때 내 모습을 닮은
고래를 보았으면 좋겠어."

작아지지
않고는
올 수 없는 길

"너는 언제부터 바다를 꿈꾸었던 거니?"
"아주 오래전 이쪽 바다에서 강을 거슬러
작은 새 한 마리가 산맥 꼭대기까지 날아와서
고래 얘기를 해 주었지.
그때부터 새로운 세계에 대한
희망과 모험처럼
바다를 꿈꾸며
나를 닮은 고래를
만나고 싶었어.

처음엔 고래바위 모습 그대로
바다에 가고 싶었어.
가서 고래에게 내 몸 자랑을 하고 싶었지.
몸 절반이 부서져 산 중턱까지 왔을 땐
그 모습만으로라도 바다에 가고 싶었단다.
너를 처음 만난 뾰족바위 시절엔
내 몸이 자꾸자꾸 줄어드는 게
안타까웠어.

그러다
한 알의 모래가 된 다음에야 알았어.
작아지지 않고는
올 수 없는
길이라는 것을.

산맥 꼭대기 고래바위 시절의 욕심도,
너럭바위와 뾰족바위 시절의 욕심도,
징검돌과 빨랫돌 시절의 욕심도,
주먹돌과 조약돌, 공깃돌 시절까지도
고래보다 더 크게 자리하고 있던 욕심을
강물에 다 씻어 버리며
여기까지 온 것 같아."

그때
맑은 강바닥의 모래들이
웅성거리기 시작했다.
"오고 있어."
저쪽에서 누군가 말했다.
강을 가득 메우듯 수많은 고기 떼가 한꺼번에
강의 비늘처럼 물 위로 뛰어오르며
위쪽으로 올라오고 있었다.
"아버지, 은어가 올라오고 있어요."
한 아이가 강둑에서 소리쳤다.

"너도 들었지?
이제 바다가 가까워진 거야."
검은 모래가 흰 모래에게 속삭이듯 말했다.
"저 고기도 강에 새끼를 낳고
새끼들은 물살에 밀려 바다로 갔다가
다시 강으로 돌아오는 거야."

"아, 강에서 모든 것들이 만나는구나."
"그래,
우리도 이렇게 만나고 마주치지만
해마다 봄이면 송어와 연어 새끼들이
강물 위로 떨어진 꽃잎을 따라
아래로 내려오고
아래에서는 은어가 꽃향기를 따라
강을 거슬러 올라가고."

오래
그리워했어,
너를

이제 모래는 더 작아졌다.
흰 모래도 검은 모래도
모래 중에서도 아주 작은
한 점의 티끌 같은 명개흙이 되었다.
물결이 일렁이면
금방이라도 그것마저
분말처럼 녹아 버려
흔적조차 없어질 것만 같았다.

그래도 마음만은
고래의 심장답게,
지네의 머리답게,
희게 빛나고
검게 빛났다.

"이제 우리 다 왔어."
"그래, 처음엔 작아지는 것이 슬펐는데."
강과 바다가
경계를 이루는 지점까지 왔다.
서쪽으로 해가 지려는지
노을이
강 하구와 바다로까지
밀려들었다.

"네가 그리워하던 바다야."
검은 명개가 말했다.
"함께 와 주어서 고마워."
두 명개는
마지막으로 손을 꼭 잡았다.

"아……."

흰 명개를 감싸고 있던
민물과 바닷물이
하나로 섞여 드는 순간이었다.
파도가 일 듯
작은 물거품이 일었다.

그리고 바로 그 순간,
이 세상의 모든 움직임이 정지하고
흰 명개는 자신이
고래바위보다 더 큰 몸으로
바다 전체를
두 팔을 벌려
가슴안으로
확 끌어안는 것만 같았다.

민물에서 바닷물로
섞여 들어가는 것이 아니라,
분말처럼 흔적조차 없이
녹아 버리는 것이 아니라,
그 작은 몸으로 바다 전체를 끌어안자,
바다가 멍게의 마음 안으로
깊숙이 들어왔다.

"오래 그리워했어,
너를."
"그래,
나도 네가 오기를 기다렸어."
흰 명개가 말하고
바다가 말했다.

고래 한 마리가
바다로 돌아왔다

노을은 더 붉고도 장엄하게
흰 명개가 처음 떠났던 산맥 위에서
바다로 밀려들었다.
흰 명개는
파도의 너울 위에 몸을 싣고
비로소 자신이 왔던
산맥 쪽을 돌아보았다.

그러나 거기엔
아무것도 보이지 않았다.
그곳에
당연히 남아 있을 줄 알았던
자기의 반쪽 몸 또한
흔적 없이 사라지고 없었다.

노을만 가득한 하늘에
작은 새 한 마리가
서쪽에서 이쪽으로 날아오고 있었다.
"아, 어디 갔지?
저 위에 있던 내 몸 반쪽은……."
"그것도 지금 여기에 있지.
이렇게 내 품 안에,
네 마음 안에."
바다가 말했다.

"이제 내가 널 더 멀리 데려다줄게."
바다는 흰 명개를 안고
더 멀리 진짜 고래들이 사는
깊은 바다로 흘러갔다.
산 위의 고래 한 마리가
바다로 돌아왔다.

바다는 고래를 안고,

고래는 바다를 안고

스스로 햇빛처럼 달빛처럼 반짝이며

다시 먼 바다로

새로운 희망과 모험을 찾아

나아가기 시작했다.

작가의 말

어릴 때 바다가 보이는 마을 큰 산에 고래를 닮은 커다란 바위가 있었습니다. 우리는 그것을 '고래바우'라고 불렀고, 큰 산의 이름도 '고래바우'가 있는 산이라는 뜻으로 '고라우'라고 불렀습니다.

같은 마을이어도 다른 마을처럼 먼, 큰 산에 있는 바위여서 열 살쯤 되어서야 처음 그 바위를 보았습니다. 학교를 마치고 가재를 잡으러 갔다가 친구들과 함께 고래바위 등을 타고 앉아 그대로 바다로 가는 꿈을 꾸었습니다. 우리가 등에 올라앉았을 때 바위는 살아 있는 고래처럼 바다를 향해 몸을 움직이고 꼬리를 움직였습니다.

그리고 까마득히 잊고 있다가 어른이 되어 다시 고

래바위를 찾아가 보았습니다. 바위는 여전히 그 자리에 누워 멀리 바다를 바라보고 있었습니다. 산 위에 있는 고래 한 마리가 바다로 가자면 얼마나 많은 시간이 걸릴까요? 어릴 때는 그것만 중요하게 생각했는데, 어른이 되어 가만히 생각하니 시간의 문제만이 아닌 것 같았습니다.

산 위에는 고래바위처럼 큰 돌이 많고, 계곡 입구엔 큰 돌이 부서져 내린 각진 돌이 많았습니다. 계곡에서 흐르는 물을 따라 내려오며 돌들은 큰 돌에서 더 작은 바윗돌, 징검다릿돌, 빨랫돌, 담을 쌓는데 쓰는 호박돌, 주먹돌, 그보다 작은 조약돌, 공깃돌, 다시 그것이 닳고 부서진 왕모래와 작은 모래가 되었다가 마침내 모든 것을 다 버린 티끌 같은 명개흙이 되어서야 비로소 자신의 온몸으로 바다를 끌어안을 수 있습니다.

그것은 산 위의 고래바위가 자기를 닮은 바다의 고래를 만나러 가는 길이기도 하지만, 어쩌면 우리가 한세상을 사는 일도 이렇지 않나 싶습니다. 처음 가졌던 마음 안의 욕심들을 살아오는 길섶에 하나하나 버리고 비워

가며 마침내 더 큰 세상을 만나고, 더 큰 자기를 완성해 가는 것은 아닐까요?

여기 내 고향 큰 산꼭대기에 바다를 향해 누워 있는 대왕고래 한 마리를 내 마음 안의 강물을 통해 여러분 마음 안의 강물로 띄워 보냅니다. 부디 이 고래가 길고 긴 여정 끝에 여러분의 바다에 무사히, 그리고 기쁘게 닿기를 바랍니다.

이순원

이야기바다 시리즈 01

고래바위

2022년 8월 10일 개정판 1쇄

글 이순원 || 그림 유자
편집 정은주, 최은애 || 디자인 양태종, 이향령 || 마케팅 신유정
펴낸이 이순영 || 펴낸곳 북극곰 || 출판등록 2009년 6월 25일 (제300-2009-73호)
주소 서울시 마포구 독막로 320 B106호 || 전화 02-359-5220 || 팩스 02-359-5221
이메일 bookgoodcome@gmail.com || 홈페이지 www.bookgoodcome.com
ISBN 979-11-6588-200-6 44810 || 979-11-6588-199-3 (세트) || 값 12,000원